酒鬼一家的旅行

老炭头 作品

民主与建设出版社　博集天卷 CS-BOOKY

· 北京 ·

JiuGui Family

JANUARY

Su	Mo	Tu	We	Th	Fr	Sa
	1	2	3	4	5	6
7	8	9	10	11	12	13
14	15	16	17	18	19	20
21	22	23	24	25	26	27
28	29	30	31			

FEBRUARY

Su	Mo	Tu	We	Th	Fr	Sa
				1	2	3
4	5	6	7	8	9	10
11	12	13	14	15	16	17
18	19	20	21	22	23	24
25	26	27	28			

MAY

Su	Mo	Tu	We	Th	Fr	Sa
		1	2	3	4	5
6	7	8	9	10	11	12
13	14	15	16	17	18	19
20	21	22	23	24	25	26
27	28	29	30	31		

JUNE

Su	Mo	Tu	We	Th	Fr	Sa
					1	2
3	4	5	6	7	8	9
10	11	12	13	14	15	16
17	18	19	20	21	22	23
24	25	26	27	28	29	30

SEPTEMBER

Su	Mo	Tu	We	Th	Fr	Sa
						1
2	3	4	5	6	7	8
9	10	11	12	13	14	15
16	17	18	19	20	21	22
23	24	25	26	27	28	29
30						

OCTOBER

Su	Mo	Tu	We	Th	Fr	Sa
	1	2	3	4	5	6
7	8	9	10	11	12	13
14	15	16	17	18	19	20
21	22	23	24	25	26	27
28	29	30	31			

2018

MARCH

Su	Mo	Tu	We	Th	Fr	Sa
				1	2	3
4	5	6	7	8	9	10
11	12	13	14	15	16	17
18	19	20	21	22	23	24
25	26	27	28	29	30	31

APRIL

Su	Mo	Tu	We	Th	Fr	Sa
1	2	3	4	5	6	7
8	9	10	11	12	13	14
15	16	17	18	19	20	21
22	23	24	25	26	27	28
29	30					

JULY

Su	Mo	Tu	We	Th	Fr	Sa
1	2	3	4	5	6	7
8	9	10	11	12	13	14
15	16	17	18	19	20	21
22	23	24	25	26	27	28
29	30	31				

AUGUST

Su	Mo	Tu	We	Th	Fr	Sa
			1	2	3	4
5	6	7	8	9	10	11
12	13	14	15	16	17	18
19	20	21	22	23	24	25
26	27	28	29	30	31	

NOVEMBER

Su	Mo	Tu	We	Th	Fr	Sa
				1	2	3
4	5	6	7	8	9	10
11	12	13	14	15	16	17
18	19	20	21	22	23	24
25	26	27	28	29	30	

DECEMBER

Su	Mo	Tu	We	Th	Fr	Sa
						1
2	3	4	5	6	7	8
9	10	11	12	13	14	15
16	17	18	19	20	21	22
23	24	25	26	27	28	29
30	31					

JiuGui Family

JANUARY

Su	Mo	Tu	We	Th	Fr	Sa
		1	2	3	4	5
6	7	8	9	10	11	12
13	14	15	16	17	18	19
20	21	22	23	24	25	26
27	28	29	30	31		

FEBRUARY

Su	Mo	Tu	We	Th	Fr	Sa
					1	2
3	4	5	6	7	8	9
10	11	12	13	14	15	16
17	18	19	20	21	22	23
24	25	26	27	28		

MAY

Su	Mo	Tu	We	Th	Fr	Sa
			1	2	3	4
5	6	7	8	9	10	11
12	13	14	15	16	17	18
19	20	21	22	23	24	25
26	27	28	29	30	31	

JUNE

Su	Mo	Tu	We	Th	Fr	Sa
						1
2	3	4	5	6	7	8
9	10	11	12	13	14	15
16	17	18	19	20	21	22
23	24	25	26	27	28	29
30						

SEPTEMBER

Su	Mo	Tu	We	Th	Fr	Sa
1	2	3	4	5	6	7
8	9	10	11	12	13	14
15	16	17	18	19	20	21
22	23	24	25	26	27	28
29	30					

OCTOBER

Su	Mo	Tu	We	Th	Fr	Sa
		1	2	3	4	5
6	7	8	9	10	11	12
13	14	15	16	17	18	19
20	21	22	23	24	25	26
27	28	29	30	31		

2019

MARCH

Su	Mo	Tu	We	Th	Fr	Sa
					1	2
3	4	5	6	7	8	9
10	11	12	13	14	15	16
17	18	19	20	21	22	23
24	25	26	27	28	29	30
31						

APRIL

Su	Mo	Tu	We	Th	Fr	Sa
	1	2	3	4	5	6
7	8	9	10	11	12	13
14	15	16	17	18	19	20
21	22	23	24	25	26	27
28	29	30				

JULY

Su	Mo	Tu	We	Th	Fr	Sa
	1	2	3	4	5	6
7	8	9	10	11	12	13
14	15	16	17	18	19	20
21	22	23	24	25	26	27
28	29	30	31			

AUGUST

Su	Mo	Tu	We	Th	Fr	Sa
				1	2	3
4	5	6	7	8	9	10
11	12	13	14	15	16	17
18	19	20	21	22	23	24
25	26	27	28	29	30	31

NOVEMBER

Su	Mo	Tu	We	Th	Fr	Sa
					1	2
3	4	5	6	7	8	9
10	11	12	13	14	15	16
17	18	19	20	21	22	23
24	25	26	27	28	29	30

DECEMBER

Su	Mo	Tu	We	Th	Fr	Sa
1	2	3	4	5	6	7
8	9	10	11	12	13	14
15	16	17	18	19	20	21
22	23	24	25	26	27	28
29	30	31				

"想去旅行，想带它们去看看世界。"

这个想法在脑海里已经酝酿了许久许久，这种心情就跟想带家人去旅行是一样的。对养宠物的家庭来说，宠物就像是孩子，抚育它们长大，感受它们的欢喜或悲伤，陪它们走过岁月，共同面对幸福与苦难，直到脚步停留在它们生命的终点，只余下回忆。所以我不想留下遗憾，想在有限的时间让它们体验无限的乐趣。

我自从养狗之后就基本上告别了旅游，因为不舍得将它们独自留在家里，交给任何人都不如自己照顾放心，所以不是万不得已的出差，我基本上不会出门。但一起旅行的念头就像是一颗种子，种下了之后，就开始肆意地生长，根本抑制不住。

我想带它们出去旅行，即便很麻烦，很辛苦，但我们是在一起的。

打定这个主意后，要准备的东西很多，尤其是为它们，因为这并不是一件简单的事情，并不是一场说走就走的旅行。

即便有反对的声音，我也坚持带它们出去看世界，同时也希望把自己的经历和收获分享给更多的小伙伴，可以为你们旅行出游做参考，我觉得一切都是值得的。

二十八天的时间，跨越湖北、湖南、广西、云南、四川、青海、宁夏、陕西、河南九个省份，经历了路途的颠簸，天气的突变，也经历了不可预知的危险。

我们一起看日出，一起看雨落，一起在野外搭灶做饭，和它们一起看到的风景，才是最美的。

有句话说得好：陪伴就是最长情的告白。

- 日期 月 日（ ）AM / PM ： • 天气

- 住处： • 同伴：

- 美食： • 路线：

● 日期　　月　　日（　　）AM / PM　　　：　● 天气 ☀ ☁ 🌧 ❄

● 住处:　　　　　　　　　　　　● 同伴:

● 美食:　　　　　　　　　　　　● 路线:

- 日期　　月　　日（　　）AM / PM　　　　：　　● 天气 ☼ ☁ 🌧 ❄

- 住处：　　　　　　　　　　　　● 同伴：

- 美食：　　　　　　　　　　　　● 路线：

- 日期　　月　　日（　　）AM / PM　　　：　　- 天气　☀ ☁ 🌧 ❄

- 住处:　　　　　　　　　　　　　　- 同伴:

- 美食:　　　　　　　　　　　　　　- 路线:

● 日期　　月　　日（　　）AM / PM　　：　● 天气 ☀ ☁ 🌧 ❄

● 住处：　　　　　　　　　　● 同伴：

● 美食：　　　　　　　　　　● 路线：

- 日期　　月　　日（　　）AM / PM　　　：　● 天气 ☀ ☁ 🌧 ❄

- 住处:　　　　　　　　　　　　● 同伴:

- 美食:　　　　　　　　　　　　● 路线:

● 日期　2月10日（五）AM / PM　14：00 ● 天气

● 住处：　武汉

● 同伴：

● 美食：

● 路线：

　　在直播中初次和大家透露出行计划是在4月份，但事实上，早在2月初我就已经决定旅行并开始为此筹备。

　　首先是决定行程。

　　节目里你看到的是铺了张地图，让它们三只踩来踩去就决定了，其实究竟去哪里，怎么去，怎么玩，我研究了好久。

　　风景要好，气候要佳，是首选。其次就是人少，这一点很重要。尤其是像我带着三只大型犬，人太密集的景区肯定不适合，墨爷它们肯定也不会玩得很好，所以想让它们轻轻松松地玩，肆意地奔跑晒太阳，就必须选一些相对冷门的地方。可能对人来说有些遗憾，但是对它们来说是最好的选择。

拟定好行程之后，就要去见宠物医生。

除了要带它们做体检，还要把旅行计划详细地说给医生听，让专业人士来分析利弊，及时做出调整。宠物其实和人一样，长时间外出旅行要看身体的情况，尤其是要去高原的话，更要仔细评估它们的健康状况。

好在墨爸它们三个身体都还不错，只要密切关注着酒鬼就好。

跟医生聊过，心里会踏实很多，对旅行的期待就更高了。

旅行必需品对我来说真没什么可准备的，无非就是一些日常必备品，给它们准备的其实更多。除了狗粮、梳子、吹风机等这些东西之外，常用的药品也要准备好，它们最喜欢的、最熟悉的玩具也要准备，可以帮助它们在旅途中放松心情，缓解压力。

其实心理建设我做了很久。虽然之前也开着房车带它们出去玩过，但是这次不一样，这次历时会很久，我会想很多，或多或少都会往不好的地方想，我想过能想到的所有意外状况，也想过如果中途坚持不下来怎么办，但是所有思虑的出发点都是围绕墨爸它们，无论遇到什么，保护它们是最重要的。

- 日期　　月　　日（　　）AM / PM　　　：　● 天气　☀ ☁ 🌧 ❄

- 住处：　　　　　　　　　　　　● 同伴：

- 美食：　　　　　　　　　　　　● 路线：

- 日期　月　日（　）AM / PM　　：　● 天气 ☀ ☁ 🌧 ❄

- 住处：　　　　　　　　　　● 同伴：

- 美食：　　　　　　　　　　● 路线：

- 日期　　月　　日　(　　) AM / PM　　　：　　● 天气　☀ ☁ 🌧 ❄

- 住处：　　　　　　　　　　　　　● 同伴：

- 美食：　　　　　　　　　　　　　● 路线：

- 日期　　月　　日（　　）AM / PM　　　　：　　● 天气　☀ ☁ 🌧 ❄

- 住处：　　　　　　　　　　　● 同伴：

- 美食：　　　　　　　　　　　● 路线：

● 日期　　月　　日（　　）AM / PM　　　:　　● 天气 ☀ ☁ 🌧 ❄

● 住处:　　　　　　　　　　　● 同伴:

● 美食:　　　　　　　　　　　● 路线:

- 日期　月　日（　）AM / PM　　:　● 天气 ☀ ☁ 🌧 ❄

- 住处:　　　　　　　　　　　● 同伴:

- 美食:　　　　　　　　　　　● 路线:

- 日期　　月　　日（　　）AM / PM　　　:　　 ● 天气 ☀ ☁ 🌧 ❄

- 住处:　　　　　　　　　　　　 ● 同伴:

- 美食:　　　　　　　　　　　　 ● 路线:

- 日期　　月　　日（　　）AM / PM　　　：　　● 天气 ☀ ☁ 🌧 ❄

- 住处：　　　　　　　　　　　　● 同伴：

- 美食：　　　　　　　　　　　　● 路线：

- 日期　6 月 10 日 （ 六 ）AM / PM　9：00 ● 天气　☀ ☁ 🌧 ❄

- 住址:
- 同伴:　墨爷、酒鬼、撕家

- 美食:
- 路线:

在撕家生日的当天，我们正式开启了酒鬼一家的旅行！

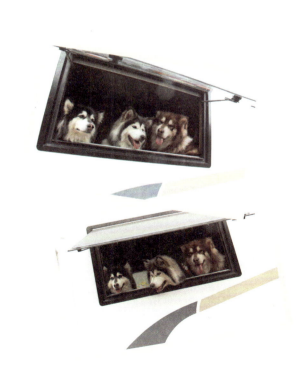

- 日期　　月　　日（　　）AM / PM　　：　● 天气 ☀ ☁ 🌧 ❄

- 住处：　　　　　　　　　　　● 同伴：

- 美食：　　　　　　　　　　　● 路线：

- 日期　　月　　日　（　　）AM / PM　　　　：　　● 天气　☀ ☁ 🌧 ❄

- 住处：　　　　　　　　　　　● 同伴：

- 美食：　　　　　　　　　　　● 路线：

- 日期　　月　　日（　　）AM / PM　　　：　• 天气　☀ ☁ 🌧 ❄

- 住处：　　　　　　　　　　　• 同伴：

- 美食：　　　　　　　　　　　• 路线：

- 日期　　月　　日 （　　）AM / PM　　　：　　- 天气 ☀ ☁ 🌧 ❄

- 住处:　　　　　　　　　　　- 同伴:

- 美食:　　　　　　　　　　　- 路线:

- 日期　　月　　日（　　）AM / PM　　：　● 天气 ☼ ☁ ☔ ❄

- 住处:　　　　　　　　　　　● 同伴:

- 美食:　　　　　　　　　　　● 路线:

● 日期　　月　　日（　　）AM / PM　　　：　　● 天气 ☀ ☁ 🌧 ❄

● 住处：　　　　　　　　　　　　● 同伴：

● 美食：　　　　　　　　　　　　● 路线：

- 日期　　月　　日　（　　）AM / PM　　：　● 天气 ☀ ☁ 🌧 ❄

- 住处:　　　　　　　　　　　● 同伴:

- 美食:　　　　　　　　　　　● 路线:

- 日期　　月　　日（　　）AM / PM　　　：　　● 天气　☀ ☁ 🌧 ❄

- 住处：　　　　　　　　　　　● 同伴：

- 美食：　　　　　　　　　　　● 路线：

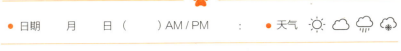

- 日期　　月　　日（　　）AM / PM　　　：　　● 天气 ☀ ☁ 🌧 ❄

- 住处:

- 同伴:

- 美食:

- 路线:

- 日期　　月　　日（　　）AM / PM　　：　　● 天气　☀　☁　🌧　❄

- 住处：　　　　　　　　　　　　　● 同伴：

- 美食：　　　　　　　　　　　　　● 路线：

● 日期 6 月13 日 （ 二 ）AM / PM 12：00 ● 天气 ☀ ☁ 🌧 ❄

● 住处：坝美村　　　　　　● 同伴：墨爷、酒鬼、撕家

● 美食：五色糯米饭、皂荚鸡、油炸粑　● 路线：武汉→长沙→柳州→坝美村

　　我们从武汉出发，途径了长沙、柳州，花了三天的时间，抵达了第一个目的地——坝美村。

　　坝美村是云南的一个小村庄，四面环山。村子虽然有些偏僻，但是风景非常优美，民风淳朴，感觉像是"世外桃源"。

　　村子交通不方便，需要搭船才能进去，于是我们联系了当地的人安排寄放房车，然后坐马车到村口，四五个人乘船进村。节目里你们看到我很害怕坐船，一直叫墨爷不要动，其实我心里也很担心它，船通行的山洞很窄，里面漆黑一片，万一墨爷不慎落水，这水有多深，水下会不会有未知的危险？它会不会因此感冒生病？这些念头就像是水波一样荡入我的脑海……好在一切平安顺利。

　　坝美村的空气非常好，微凉的风里夹杂着草木的清香，很舒爽。等我们安顿好已经是晚上，大家累了好久，就各自去休息了。

　　早上是被鸡叫起来的，这种体验很新鲜，我们的田园生活也就此开始了。墨爷、酒鬼、撕家它们非常激动，又是赶鸭子又是扑水，感觉在城市里长大的狗子一副没见过市面的样子。其实别说他们，当我们看到木犁、木耙，看到木质的水车，也觉得很有意思。

　　我带着它们在村子里游览，感受到的是闲适自得，每呼吸一口空气都觉得神清气爽，虽然牵着它们三只有点累，但是心里是甜的。

农家宴的特色就是自给自足，准备过程对墨爷它们来说是颇为新奇的。我带着它们几个在村子里抓鸡、摘菜，它们时而环绕在我身边追逐嬉闹，时而停下来注视着我的举动，看不下去了还会走上前亲力亲为地"帮"我一把。这种感觉就像是，你一个人在忙前忙后，它们跟着你，你到哪儿，它们跟到哪儿，理所当然地信任陪伴着，温暖而惬意。

　　坝美村人十分热情，我们进村口时有好心的阿姨迎接、领路，沿途遇到的村民也对三只充满善意，村长为我们安排居所，还用当地特色的美食设宴款待我们。我永远记得守在一桌菜旁的撕家，眼神殷切，嘴边拖拉着近尺长的口水……这也是为什么我在下一个镜头时换了裤子。

　　1、旅行前，预留出充裕的准备时间，列出一张清单可以帮助你快速理清头绪。

　　2、出行前带宠物做体检是十分必要的，医生的专业建议会帮助你建立出行的信心。

　　3、旅行目的地的选择需要结合铲屎官和宠物的双重需求，对宠物态度宽容的地区会为旅行创造更多便利。

● 日期　　月　　日（　　）AM / PM　　　：　● 天气

● 住处：　　　　　　　　　　　● 同伴：

● 美食：　　　　　　　　　　　● 路线：

● 日期 　月　 日 （ 　）AM / PM 　　　：　 ● 天气 ☀ ☁ 🌧 ❄

● 住处： 　　　　　　　　　　 ● 同伴：

● 美食： 　　　　　　　　　　 ● 路线：

- 日期　　月　　日（　　）AM / PM　　　：　　• 天气　☀ ☁ 🌧 ❄

- 住处：　　　　　　　　　　　• 同伴：

- 美食：　　　　　　　　　　　• 路线：

- 日期　　月　　日（　　）AM / PM　　：　　● 天气 ☀ ☁ 🌧 ❄

- 住处：　　　　　　　　　　● 同伴：

- 美食：　　　　　　　　　　● 路线：

● 日期　　月　　日（　　）AM / PM　　　:　　● 天气 ☀ ☁ 🌧 ❄

● 住处:　　　　　　　　　　　● 同伴:

● 美食:　　　　　　　　　　　● 路线:

- 日期　　月　　日（　　）AM / PM　　：　　• 天气　☀ ☁ 🌧 ❄

- 住处：　　　　　　　　　　　　• 同伴：

- 美食：　　　　　　　　　　　　• 路线：

● 日期　　月　　日 （　　） AM / PM　　　：　　● 天气 ☀ ☁ 🌧 ❄

● 住处:

● 同伴:

● 美食:

● 路线:

- 日期　　月　　日（　　）AM / PM　　　：　● 天气 ☀ ☁ 🌧 ❄

- 住处：　　　　　　　　　　　● 同伴：

- 美食：　　　　　　　　　　　● 路线：

- 日期　　月　　日（　　）AM / PM　　　：　　- 天气 ☀ ☁ 🌧 ❄

- 住处:

- 同伴:

- 美食:

- 路线:

● 日期　　月　　日　（　　）AM / PM　　：　● 天气 ☀ ☁ 🌧 ❄

● 住处：　　　　　　　　　　　● 同伴：

● 美食：　　　　　　　　　　　● 路线：

● 日期　　月　　日（　　）AM / PM　　　：　● 天气　

● 住处:　　　　　　　　　　　● 同伴:

● 美食:　　　　　　　　　　　● 路线:

● 日期　　月　　日（　　）AM / PM　　　：　● 天气 ☀ ☁ 🌧 ❄

● 住处：　　　　　　　　　　　● 同伴：

● 美食：　　　　　　　　　　　● 路线：

- 日期　　月　　日　（　　）AM / PM　　　　：　　● 天气 ☀ ☁ 🌧 ❄

- 住处：　　　　　　　　　　　　　● 同伴：

- 美食：　　　　　　　　　　　　　● 路线：

● 日期　　月　　日　（　　）AM / PM　　　　：　　● 天气 ☀ ☁ 🌧 ❄

● 住处：　　　　　　　　　　　　　● 同伴：

● 美食：　　　　　　　　　　　　　● 路线：

- 日期　　月　　日（　　）AM / PM　　　：　　● 天气 ☀ ☁ 🌧 ❄

- 住处：　　　　　　　　　　　● 同伴：

- 美食：　　　　　　　　　　　● 路线：

- 日期　　月　　日（　　）AM / PM　　　：　　● 天气 ☀ ☁ 🌧 ❄

- 住处：　　　　　　　　　　　● 同伴：

- 美食：　　　　　　　　　　　● 路线：

これ

- 日期 6 月 15 日 （ 四 ）AM / PM 11：00 ● 天气 ☀ ☁ 🌧 🌨

- 住处：野鸭湖
- 同伴：墨爷、酒鬼、撕家

- 美食：
- 路线：坝美村→野鸭湖

　　我们从坝美村出发，车程三个小时来到了昆明的野鸭湖度假村。这里空气清新，风景怡人，素质拓展类的娱乐项目很多，激发了我挑战自我的渴望。

　　玻璃栈桥周围的美景简直绝赞，桥两边悬挂着几排彩色的风车，风车随风转动，呼呼作响，让人眼花缭乱。桥的下面就是湖水，水波好似有魔力，看得让人着迷。其实我并不是着迷，而是紧张到失神。脱离那个环境站在地面上的我可以平静地描述景色的美好，但是当时站在玻璃栈桥上的那一刻，我的心悬着，大腿都在抖。不得不佩服撕家的勇气，它全程都很嗨，一个劲往前跑，什么玻璃桥，什么湍急的湖水，好像跟它都没关系。

但是对它的佩服也就止步于卡丁车，果然谁都有不擅长的东西，我是这么安慰自己的。

玩卡丁车要穿好防护服，狗狗要戴安全帽，带着它们车速一定不能太快，即使系了安全带，我也要一直用手揽着它们。墨爷和酒鬼的表现都很好，虽然全程会靠着我，可能心里会有些小紧张，但是玩得还是很开心的，尤其是酒鬼一直傻笑。我一直觉得那个小头盔还挺可爱的，尤其是酒鬼戴上的时候，透着一股及差萌。

撕家其实是胆小的狗，它对陌生的声音比较敏感，车子发动机的隆隆声把它吓得不轻，看它抗拒到逃跑的样子，我有些想笑，又有点心疼，虽然觉得有些遗憾，但它的安全是最重要的。

挑战攀岩这个项目，令我感触最大的是墨爷，当时我因为恐高，几乎不敢往下看，后来回看导演组拍摄的视频，发现墨爷全程都在仰头望着我，尤其是我放弃后脱离墙壁的刹那，墨爷急得站起身恨不能爬上来接住我。落地的时候，墨爷第一个冲上来嗅我舔我，我到现在还记得它的眼睛，有担心有高兴还有些说不清的什么……这是我第一次在墨爷眼中看到这么多的情绪，绝不会比人的少。

● 日期 **6** 月 **15** 日 （ 四 ）AM / **PM** **11**：**00** ● 天气 ☀ ☁ 🌧 ❄

● 住处：野鸭湖　　　　　　　　● 同伴：墨爷、酒鬼、撕家

● 美食：　　　　　　　　　　　● 路线：坝美村→野鸭湖

　　酒鬼受伤是突发情况，当时闪过脑中的第一个念头就是：赶紧处理伤口。在责任面前，我往往会优先理智地处理问题，把额外的情绪都留在后面。

　　酒鬼算是问题很多的那种狗，虽然看起来很壮很大，但体质很差，所以我习惯了为它操心各种问题，但是这次它意外受伤，是我始料未及的，为它的状况担心，同时也自责自己的疏忽大意。为了让它好好休息，当天我们暂停了拍摄。

　　遇到宠物受伤这种事情，很多人会因为紧张和担心而慌乱，其实遇到问题它们能依靠的，就只有你，所以最重要的就是第一时间处理。那一刻的责任感大于一切，要让它们全身心地信任你、依靠你。

　　确切地说，是彼此依靠。

【旅行小贴士】

　　1、如果你想带宠物参加某种活动，请为它提供妥善的安全措施，遵循它的意愿，不要强迫它。

　　2、如果途中出现突发情况，先让自己冷静，再处理问题。

　　3、出行前一定要为宠物准备医疗急救箱。

- 日期　　月　　日（　　）AM / PM　　　：　● 天气 ☀ ☁ 🌧 ❄

- 住处：　　　　　　　　　● 同伴：

- 美食：　　　　　　　　　● 路线：

- 日期　　月　　日（　　）AM / PM　　　：　　● 天气 ☀ ☁ 🌧 ❄

- 住处：　　　　　　　　　　　● 同伴：

- 美食：　　　　　　　　　　　● 路线：

● 日期　　月　　日（　　）AM / PM　　：　● 天气 ☀ ☁ 🌧 ❄

● 住处：　　　　　　　　　　● 同伴：

● 美食：　　　　　　　　　● 路线：

● 日期　6 月 18 日 （　日　）AM / PM　13：00 ● 天气 ☀ ☁ 🌧 ❄

● 住处：丽江·民宿　　　　　　● 同伴：墨爷、酒鬼、撕家

● 美食：水酥饼、烤肉　　　　　● 路线：昆明→丽江

　　　九色玫瑰小镇很像一座童话小镇，彩色的房子，玫瑰的花海，艳丽的壁画，充满了浪漫的气息。

　　　在这个小镇里我们体验了摘油桃，做了水酥饼。虽说这两样东西平时都有吃过，但是还是第一次体验这种"追根溯源"的感觉。我尤其记得制作水酥饼的时候，因为那家饼店与撕家的名字同音，"思佳水酥饼"，感觉冥冥之中有一种缘分，让我有机会亲手做出和撕家同名的饼，每吃上一口，都酥甜到心底，意义非凡。

　　　傍晚时分，我们入住了当地的民宿，准备大干一场丰盛的烤肉趴。我预备了大部分狗狗可以食用的食材，但是酒鬼不行。过敏体质让它忌口很多食物，这么大的身体，能吃的东西却那么少，让我总是忍不住心疼它。虽然看着它流口水的样子很可怜，但是为了它的健康着想，不能吃的东西是坚决不给它的。

　　　那天晚上，我和它们饱餐一顿，抱着它们看着夕阳缓缓下落，那种幸福的感觉顿时涌上心头，温暖而祥和。

　　　天空染上了墨色，点点的星光亮起，它们就在我身边，我们什么都不做，就这样一起看星星，如此美好仿佛时间都静止了。

　　　旅行的意义大概就是这样吧。

【旅行小贴士】

1、民宿对带宠物出行的家长们会是比较便利的选择，但需要提前和商家交代清楚宠物的情况。

2、烤肉趴对人和宠物来说都是很好的娱乐活动，但是需要注意宠物的安全，避免它们在附近跑闹意外烫伤。铲屎官的烧烤技艺也会受到很大的考验，请不要喂食没有烤熟的或烤煳的食物给宠物。

- 日期　　月　　日（　　）AM / PM　　：　　 ● 天气 ☀ ☁ 🌧 ❄

- 住处：　　　　　　　　　　　 ● 同伴：

- 美食：　　　　　　　　　　　 ● 路线：

- 日期　　月　　日（　　）AM / PM　　　　：　　● 天气　☀　☁　🌧　❄

- 住处：　　　　　　　　　　　　　　● 同伴：

- 美食：　　　　　　　　　　　　　　● 路线：

- 日期　　月　　日（　　）AM / PM　　　：　　● 天气　☀ ☁ 🌧 ❄

- 住处：　　　　　　　　　　　● 同伴：

- 美食：　　　　　　　　　　　● 路线：

● 日期　　月　　日　（　　）AM / PM　　　：　● 天气 ☀ ☁ 🌧 ❄

● 住处:　　　　　　　　　　　　● 同伴:

● 美食:　　　　　　　　　　　　● 路线:

- 日期　　月　　日（　　）AM / PM　　　：　　● 天气　☀ ☁ 🌧 ❄

- 住处：　　　　　　　　　　　　　● 同伴：

- 美食：　　　　　　　　　　　　　● 路线：

　　大理在途经的城市中是相对比较便利的，住宿顺利，还可以给它们洗澡，可以说是十分幸运了。

　　大理的行程其实还挺轻松的，购购物买买纪念品，就跟大多数人旅游一样，总会买点什么留下纪念。带着撕家去逛街也是因为它一般在人多的地方不会怯场，但是没想到一个小小的手鼓却把它吓到了，弄得我当时老尴尬了。

　　鱼鹰的体验一开始吓了我一跳，主要是捕鱼师傅跟鱼鹰交流的方式，嗓门又大又突然，如果当时墨爷它们在船上很可能就跟着鱼鹰一起下水了。后来我也学了一下，虽然是导演要求的，不过我还是学得挺认真的，是吧，东北话老好用了。

大理的重头戏就是给它们三个准备晚宴。

我非常想给墨爷、酒鬼和撕家留下美好的回忆，留下不同以往的体验，但是意外还是发生了，准备的礼物丢失了。说不沮丧那是骗人的，就像是你精心准备了一个party，想给宾客们一个惊喜，但是什么都没了，之前种种的设计啊构想啊，都成了泡影。虽然后来快递赶上了，晚宴也照常举行，但是跟我心里的设想还是有差距的。

不过我很快就释然了，怎样都无所谓，重要的是我们在一起。

我很害怕，当我老了，回忆起墨爷的时候记不起它是什么样子。其实正是这个想法催化了旅行这个计划。

我想跟它们做更多的事情，拥有更多的回忆，留下更多的影像。

我在晚宴中给它们都准备了礼物，尤其是撕家，我准备了这世界上独一无二的兔子。其实撕家算是那种反横反横的狗，而且没见过什么世面，很多东西都会引起它的紧张。撕家留给大家的印象大多都是神经大条、傻白甜、心里不装事，但是其实它也有感情细腻的一面。就比如对待玩具兔子，很多不知情的人就会问我为什么撕家这么喜欢兔子，我都会告诉他是母亲的天性。现在已经可以比较平静地讲出撕家和宝宝的故事，其实每当看到它舔兔子的时候，我都会想起来手术那天，麻醉了的撕家却坚持舔着放在盒子里的孩子……

变成小天使的宝宝此时也一定在守护着我们一家。

● 日期 6 月 20 日 (二) AM / PM 15 : 00 ● 天气 ☀ ☁ 🌧 ❄

● 住处: 大理   ● 同伴: 墨爷、酒鬼、撕家

● 美食: ● 路线: 丽江→大理

　　我感谢这次旅程，旅行发生中的很多事情，我在日常生活中永远不会去做的，都是难忘的经历，这其中的点点滴滴都会成为我们珍贵的回忆。

　　有回忆，才是完美的人生。

【 旅行小贴士 】

1、去旅行吧，带着宠物，带着相机，沿途记录下你们的点点滴滴。

2、珍惜当下。

- 日期　　月　　日（　　）AM / PM　　:　　● 天气 ☀ ☁ 🌧 ❄

- 住处：　　　　　　　　　　● 同伴：

- 美食：　　　　　　　　　　● 路线：

- 日期　　月　　日（　　）AM / PM　　　：　　● 天气 ☀ ☁ 🌧 ❄

- 住处:　　　　　　　　　　　　● 同伴:

- 美食:　　　　　　　　　　　　● 路线:

- 日期　　月　　日（　　）AM / PM　　　：　　• 天气 ☀ ☁ ☔ ❄

- 住处：　　　　　　　　　　　　• 同伴：

- 美食：　　　　　　　　　　　　• 路线：

抵达腾冲的第一晚是在房车里过的，因为到的时间太晚，都没有房间，不过这也算是特别的体验吧。

选择腾冲是因为这里有火山群、有温泉、有瀑布，还有热气球，可以让墨爷它们体会到很多新奇的事物。但是计划跟不上变化，想象抵不过现实，景区不允许宠物入内，虽然感觉很遗憾，但是人生不就是由美好和遗憾共同拼凑成的吗？这样才更加完整、真实。

温泉泡不了，就吃点温泉蛋安慰安慰它们吧，也算是温泉体验的一种了。其实我对自己的手工还是满意的，不仅蛋没有破，造型还很有艺术气息。

既然景区不能去玩，我就带着它们去了趟和顺古镇。

和顺古镇完整地保存了明清的文化特色，安静祥和，古朴悠然，丝毫没有城市的喧嚣。这种地方就特别适合坐下来，喝一壶茶，讲一段故事。

我是第一次打造银饰，我一直很想给它们做一套与众不同的吊牌，最重要的是，是我亲自参与制作的，我觉得这样的吊牌，意义非凡。

当老板问到我为什么喜欢枫叶的时候，我停顿了一下，没有马上回答他。这个缘由很多人都知道，枫叶对我们家来说很有纪念意义。撕家当时的经历也算是很特殊了，这在我的人生经历中绝对算是一件大事，

而且记忆犹新。它就在那里，不会消失，我也永远都会记得。我想用这枚银制的枫叶纪念这段经历，也纪念那匆匆回到天堂的小天使。

【旅行小贴士】

1、建议事先做好住宿和景区信息攻略，避免"禁止宠物"的尴尬。

2、尝试创作或选择自己与宠物间具有特殊意义的纪念品，一生珍藏你们共同的回忆。

- 日期　　月　　日 (　　) AM / PM　　:　　● 天气 ☀ ☁ 🌧 ❄

- 住处:　　　　　　　　　　　　● 同伴:

- 美食:　　　　　　　　　　　　● 路线:

- 日期　　月　　日（　　）AM / PM　　　：　● 天气 ☀ ☁ 🌧 ❄

- 住处：　　　　　　　　　　　● 同伴：

- 美食：　　　　　　　　　　　● 路线：

- 日期　　月　　日（　　）AM / PM　　　：　　- 天气　☀　☁　🌧　❄

- 住处：　　　　　　　　　　　　- 同伴：

- 美食：　　　　　　　　　　　　- 路线：

● 日期　　月　　日（　　）AM / PM　　：　●天气　☀ ☁ 🌧 ❄

● 住处：　　　　　　　　　　　● 同伴：

● 美食：　　　　　　　　　　　● 路线：

- 日期　　月　　日（　　）AM / PM　　　：　　- 天气　☀ ☁ 🌧 ❄

- 住处：　　　　　　　　　　　- 同伴：

- 美食：　　　　　　　　　　　- 路线：

● 日期　　月　　日（　　）AM / PM　　　：　● 天气　☀ ☁ 🌧 ❄

● 住处：　　　　　　　　　　　● 同伴：

● 美食：　　　　　　　　　　　● 路线：

- 日期　　月　　日（　　）AM / PM　　　：　　 • 天气 ☀ ☁ 🌧 ❄

- 住处：　　　　　　　　　　　• 同伴：

- 美食：　　　　　　　　　　　• 路线：

- 日期　　月　　日（　　）AM / PM　　　：　　● 天气 ☀ ☁ ☂ ❄

- 住处：　　　　　　　　　　　　● 同伴：

- 美食：　　　　　　　　　　　　● 路线：

● 日期 **6** 月 **25** 日 (**日**) AM / PM **10**:**00** ● 天气 ☀ ☁ 🌧 🌨

● 住处: 泸沽湖   ● 同伴: 墨爷、酒鬼、撕家

● 美食: ● 路线: 云南腾冲→四川泸沽湖

  泸沽湖位于四川省盐源县与云南省宁蒗县交界处，是中国第三大深水湖泊。美丽的自然风光，淳朴的民族风情，我们就是要去体验这些。

  我们抵达的那天正好在下雨，雨势很大，但是这里的雨也很神奇，下一会儿就会停，前一分钟还倾盆大雨，后一分钟太阳就出来了。

  泸沽湖附近的公路比较窄，当时有些地方正在修缮，堵车就成了常

有的事，司机师傅说堵到天黑都是正常的。不能下车对墨爷它们来说有些闷，我就想尽办法跟它们玩，跟它们说话，这对养宠物的人来说再正常不过了，但别人看起来估计就跟精神病一样吧。

　　湖边景色果然很优美，墨爷和撕家看到水都很激动，跃跃欲试想下水，酒鬼则是慢吞吞地、小心翼翼地跟在后面。偶遇有人放鹅，撕家分分钟就要蹿出去了，但是我看大鹅们还是很淡定的，一看就是见过世面的鹅。

【旅行小贴士】

　　1、自驾游行驶的路况需实时关注，安全驾驶最重要。

　　2、在陌生环境下，建议使用牵引绳，避免宠物走失或突发状况致使宠物失去控制。

- 日期　　月　　日（　　）AM / PM　　　：　　● 天气 ☀ ☁ 🌧 ❄

- 住处:　　　　　　　　　　　　● 同伴:

- 美食:　　　　　　　　　　　　● 路线:

● 日期　　月　　日（　　）AM / PM　　　：　　● 天气 ☀ ☁ 🌧 ❄

● 住处：　　　　　　　　　　　● 同伴：

● 美食：　　　　　　　　　　　● 路线：

● 日期　　月　　日（　　）AM / PM　　　：　● 天气 ☀ ☁ 🌧 ❄

● 住处:　　　　　　　　　　● 同伴:

● 美食:　　　　　　　　　　● 路线:

- 日期　　月　　日（　　）AM / PM　　　　:　　● 天气 ☀ ☁ 🌧 ❄

- 住处：　　　　　　　　　　　● 同伴：

- 美食：　　　　　　　　　　　● 路线：

- 日期　　月　　日（　　）AM / PM　　：　● 天气 ☀ ☁ 🌧 ❄

- 住处：　　　　　　　　　　　● 同伴：

- 美食：　　　　　　　　　　　● 路线：

● 日期　　月　　日（　　）AM / PM　　　：　● 天气 ☀ ☁ 🌧 ❄

● 住处：　　　　　　　　　● 同伴：

● 美食：　　　　　　　　　● 路线：

● 日期　6 月 27 日（　二　）AM / PM　10 : 00　● 天气　☀ ☁ 🌧 🌨

● 住处：酒店　　　　　　　　　● 同伴：墨爷、酒鬼、撕家

● 美食：　　　　　　　　　　　● 路线：泸沽湖→泸定桥

　　　山路爬坡很危险，我们开了很久的车，幸好司机师傅功力了得，全程有惊无险。不过道路越坎坷，风景越美嘛。

　　　到了酒店就让随行的医生给墨爷它们三个检查了身体，酒鬼的呼吸有些快，其他都很好。将三只安顿好后，我们决定去看看泸定桥。

　　　我们抵达后遥看了一下泸定桥，水流真的很湍急，可以想象出当年长征时的艰险，战士们不仅要跟自然环境对抗，还要冒着枪林弹雨，心中不禁充满了崇敬。

　　　这条旅行路线比较偏，游客不是特别多，但是这座桥真的非常有意义，建议大家来体验一下。但是因为我们抵达的时间有点晚，桥已经对游客关闭，只做当地人通行用，没能上桥去体验有些遗憾，但是其实我也有些腿软。

【 旅行小贴士 】

　　　1、观光虽有趣，但还是要注意人身安全。

　　　2、出行期间不建议把宠物单独留在住所或车上，我出来也是有人在房间里看护它们。也许你的宠物在家很乖，但是换了一个陌生的环境，失去主人的陪伴，你不能确定它是否会因不安做出其他异常的举动。

● 日期　　月　　日（　　）AM / PM　　　：　　● 天气　☀ ☁ 🌧 ❄

● 住处：　　　　　　　　　　　● 同伴：

● 美食：　　　　　　　　　　　● 路线：

- 日期　　月　　日（　　）AM / PM　　　：　● 天气 ☀ ☁ 🌧 ❄

- 住处:　　　　　　　　　　　　● 同伴:

- 美食:　　　　　　　　　　　　● 路线:

- 日期　　月　　日（　　）AM / PM　　　　：　　● 天气 ☀ ☁ 🌧 ❄

- 住处:　　　　　　　　　　　● 同伴:

- 美食:　　　　　　　　　　　● 路线:

● 日期　6 月 28 日　（ 三 ）AM / PM　11：00　● 天气　

● 住处：四川甘孜　　　　　　　● 同伴：墨爷、酒鬼、撕家

● 美食：　　　　　　　　　　　● 路线：泸定桥→折多山

　　今天开始高海拔的行程，目标是折多山。这是我第一次带它们挑战高海拔，心里多少都有些担心。

　　酒鬼的状态有些稍稍不好，有点感冒和拉肚子，墨爷和撕家状态都很不错。海拔接近两千九百米的时候，司机师傅开始有点高原反应，头有点涨，让我们有些担忧。不过看着远处的雪山，还是觉得此行不虚。

折多山位于四川省甘孜州境内，海拔四千二百七十米，是康巴第一关。"折多"在藏语中是弯曲的意思，写成汉语又是"折多"二字。

抵达观景台的时候，三只的状态很不错，同行的我们也没有出现高原反应。雪山巍峨雄伟，天空和云朵仿佛触手可及，大自然造物真的很美。

其实除了那些有名的景点，沿途还有很多值得停留的地方。碧草蓝天，还有不知名的小野花，看着它们三只在阳光下肆意地奔跑，我感觉有一束光透过窗，就那样暖暖地直射到心底。

我想这个地方我还会再来的。

【旅行小贴士】

1、如果要带宠物去高海拔地区旅行，建议循序渐进，并时刻观察宠物的状况，如有不适，尽快撤离。

2、建议携带充氧瓶等应对高反的医疗设施。

3、自驾游保证车里至少有一个替补司机。

- 日期　　月　　日（　　）AM / PM　　　：　　● 天气　☀ ☁ 🌧 ❄

- 住处：　　　　　　　　　　　● 同伴：

- 美食：　　　　　　　　　　　● 路线：

- 日期　　月　　日（　　）AM / PM　　　:　　● 天气 ☀ ☁ 🌧 ❄

- 住处:　　　　　　　　　　　　● 同伴:

- 美食:　　　　　　　　　　　　● 路线:

- 日期　　月　　日（　　）AM / PM　　：　- 天气 ☀ ☁ 🌧 ❄

- 住处：　　　　　　　　　　　- 同伴：

- 美食：　　　　　　　　　　　- 路线：

● 日期 6 月 29 日 （ 四 ）AM / PM   9：00 ● 天气 ☀ ☁ 🌧 🌨

● 住处： 色达   ● 同伴： 墨爷、酒鬼、撕家

● 美食：   ● 路线： 新都桥→色达

我们一早由新都桥出发前往色达，欣赏沿途的景色，车里放着音乐，这一天的行程比较轻松。

过了新都桥往北途经塔公寺，据说塔公寺已经有一千多年的历史了，是康巴地区藏民朝拜的圣地。

中途下车休息的时候看到了牛群，墨爷和撕家有些激动，差点就冲了出去，离得近的几头牛感受到了威胁，开始向边缘散开，但是墨爷和撕家嚣张得很，一直冲着牛吠叫，有头疑似牛群老大的白牛缓缓逼近我们，用它威慑的气势和眼神，一路把我们赶回了房车。等我们跑到安全地带，回头发现白色的牛老大默默站在不远处，静静地审视着我们。

经过一天的车行，我们抵达了色达，但是色达的情况比较特殊，我们的行程也不大适合狗狗参与，所以我们决定将墨爷它们安顿在房间里。

我们在色达感受到了生命的终点，从而更加敬畏生命。

去药王山喂土拨鼠乐坏了三只，在草原上瞬间变猎犬，拉都拉不住。它们是一个洞一个洞去闻，一个洞一个洞去扒拉。土拨鼠真的很可爱，毛绒绒的肉肉的，不怕人也不伤人，随行的工作人员里有个妹子，尖叫着想抱回家养，但是据说这个可爱的小家伙破坏了牧场的生态平衡，已被植保部门列入了监控名单。

在色达行程的最后，我们试穿了藏族的传统服装，我穿戴好之后他们都说只牵酒鬼就可以的，因为这样画面就是活脱脱的"地主的一家"了……

【旅行小贴士】

　　1、建议在有野生动物及家畜的地区保持牵引，避免突发意外情况。

● 日期　　月　　日（　　）AM / PM　　：　● 天气 ☀ ☁ 🌧 ❄

● 住处：　　　　　　　　　● 同伴：

● 美食：　　　　　　　　　● 路线：

- 日期　　月　　日（　　）AM / PM　　　　：　● 天气 ☀ ☁ 🌧 ❄

- 住处：　　　　　　　　　　● 同伴：

- 美食：　　　　　　　　　　● 路线：

● 日期　　月　　日（　　）AM / PM　　　　　：　● 天气 ☀ ☁ 🌧 ❄

● 住处：　　　　　　　　　　　　● 同伴：

● 美食：　　　　　　　　　　　　● 路线：

- 日期　　月　　日　（　　）AM / PM　　　:　● 天气　☀ ☁ 🌧 ❄

- 住处:　　　　　　　　　　　● 同伴:

- 美食:　　　　　　　　　　　● 路线:

● 日期　7 月 1 日 （ 六 ）AM / PM　9：00 ● 天气

● 住处：酒店　　　　　　　● 同伴：墨爷、酒鬼、撕家

● 美食：　　　　　　　　　● 路线：色达→青海

　　　就在即将启程去青海的时候，应急车子出现了故障，为了不影响整体的行程安排，只好暂时将车子留在色达，等待维修。留下了一位同伴，在人生地不熟的地方我们不免都有些担心。

　　　最近这几天我睡得不是很好，不知道是高原反应还是旅行疲惫，头很疼，食欲也不是很好。撕家今早在酒店的床上尿了，赔了几百块钱，虽然这一路撕家制造的麻烦不断，但也给我们带来了很多乐趣。这就是带宠物旅行的苦与乐吧。

【旅行小贴士】

　　　1、自驾游出行前，需要对车辆的基本状况进行排查和保养。

　　　2、不要把行程安排得过于紧张，尽量保证自己和宠物都能在旅途中得到充分的休息。

● 日期　　月　　日（　　）AM / PM　　　:　　● 天气 ☀ ☁ 🌧 ❄

● 住处:　　　　　　　　　　　　● 同伴:

● 美食:　　　　　　　　　　　　● 路线:

● 日期　　月　　日（　　）AM / PM　　　：　● 天气 ☀ ☁ 🌧 ❄

● 住处:　　　　　　　　　　● 同伴:

● 美食:　　　　　　　　　● 路线:

- 日期　　月　　日（　　）AM / PM　　　　：　　● 天气 ☀ ☁ 🌧 ❄

- 住处:　　　　　　　　　　　　● 同伴:

- 美食:　　　　　　　　　　　　● 路线:

- 日期　　月　　日（　　）AM / PM　　　：　　• 天气　☀ ☁ 🌧 ❄

- 住处:　　　　　　　　　　　• 同伴:

- 美食:　　　　　　　　　　　• 路线:

● 日期　　月　　日 (　　) AM / PM　　　:　　● 天气　☀ ☁ 🌧 ❄

● 住处:　　　　　　　　　　　● 同伴:

● 美食:　　　　　　　　　　　● 路线:

● 日期 7 月 2 日 （ 日 ）AM / PM 11 : 00 ● 天气 ☀ ☁ 🌧 ❄

● 住处: 年宝玉则   ● 同伴: 墨爷、酒鬼、撕家

● 美食: ● 路线:

　　年保玉则位于青海省久治县索呼日麻乡、白玉乡境内。终年织雪，有面积约八平方千米的高原冰川，冰体和陡峭的山岩如同鬼斧神工一般。

　　我牵着它们三个走在木质的小路上，前方的路蜿蜒，路两边青草地上开满了黄色的小花，此时感觉惬意，满足，幸福感就像是脚下的小路漫长悠远。

　　我带着它们三个坐在湖边，看着不远处的雪山，感受着微凉的风，觉得一切都是值得的，这一路上经历的所有所有，都是值得的。

【 旅行小贴士 】

　　1、岁月静好，放下手机，用心去感受你和宠物在一起的时光。

- 日期　　月　　日（　　）AM / PM　　：　　● 天气 ☀ ☁ 🌧 ❄

- 住处:　　　　　　　　　　　● 同伴:

- 美食:　　　　　　　　　　　● 路线:

● 日期　　月　　日（　　）AM / PM　　　　：　● 天气 ☀ ☁ 🌧 ❄

● 住处：　　　　　　　　　　● 同伴：

● 美食：　　　　　　　　　　● 路线：

- 日期　　月　　日（　　）AM / PM　　：　　● 天气 ☀ ☁ 🌧 ❄

- 住处:　　　　　　　　　　　　● 同伴:

- 美食:　　　　　　　　　　　　● 路线:

- 日期　　月　　日（　　）AM / PM　　：　● 天气 ☀ ☁ 🌧 ❄

- 住处:　　　　　　　　　　　　● 同伴:

- 美食:　　　　　　　　　　　　● 路线:

日期 7 月 5 日 (三) AM / PM 11 : 00 • 天气

• 住处: • 同伴: 墨爷、酒鬼、撕家

• 美食: • 路线: 西宁→青海湖

　　我们在西宁修整了两天之后，给墨爷它们做了身体检查，一切安好，然后出发去青海湖。

　　青海湖藏语名为"措温布"，意思是青色的海。在这里水和天空是相连接的，站在湖边眺望碧青的一片，宁静美好。待到傍晚，落日泛起橘色的余晖，晚霞像是燃起的火光，蔓延到湖面上，无比灿烂。

　　我想多年后我仍然会想起那个画面，我们坐在夕阳下，看着远方，彼此依靠。

　　不到一个月的时间，我带着它们三只，还有我的小伙伴们，走了十三个地方。看似不多，但是这期间我们经历收获的却很多很多。

我以为我已经做足了准备，但真的还会有突发情况，会有措手不及的时候，好在一切都顺利，三只很健康很开心，小伙伴们很给力，整个旅行下来很满足，很感恩。

墨爷、酒鬼、撕家、大腔，还有即将到来的小腔，都是我的家人，它们十几年对我的陪伴，对它们而言却是一辈子的托付。我带它们旅行并不是为了达成什么目标，而是想跟它们一起看到更多景色，创造更多的回忆。看着它们自由地奔跑，肆意地打闹，开心地对我傻笑，就会很满足。

酒鬼一家的旅行，还在继续！

【旅行小贴士】

1、再完全的准备也有措手不及的时候，面对问题保持冷静，团队协作强于孤军奋战。

2、知足与感恩，会让心的旅行走得更广阔辽远。

● 日期　　月　　日（　　）AM / PM　　　　：　● 天气 ☀ ☁ 🌧 ❄

● 住处：　　　　　　　　　　　　● 同伴：

● 美食：　　　　　　　　　　　　● 路线：

- 日期　　月　　日（　　）AM / PM 　　　：　　 ● 天气 ☀ ☁ 🌧 ❄

- 住处: 　　　　　　　　　　　　　● 同伴:

- 美食: 　　　　　　　　　　　　　● 路线:

● 日期　7 月 7 日（ 五 ）AM / PM　9 : 00　● 天气 ☀ ☁ 🌧 ❄

● 住处:　　　　　　　　　　● 同伴: 墨爷、酒鬼、撕家

● 美食:　　　　　　　　　　● 路线:

我们回家了!

- 日期　　月　　日（　　）AM / PM　　　　：　● 天气　☀ ☁ 🌧 ❄

- 住处: ● 同伴:

- 美食: ● 路线:

- 日期　　月　　日　（　　）AM / PM　　：　　● 天气 ☀ ☁ 🌧 ❄

- 住处:　　　　　　　　　　　　● 同伴:

- 美食:　　　　　　　　　　　　● 路线:

● 日期　　月　　日（　　）AM / PM　　　：　● 天气　☀ ☁ 🌧 ❄

● 住处：　　　　　　　　　　　● 同伴：

● 美食：　　　　　　　　　　　● 路线：

- 日期　　月　　日（　　）AM / PM 　　　： 　●天气 ☀ ☁ 🌧 ❄

- 住处： 　　　　　　　　 ●同伴：

- 美食： 　　　　　　　　 ●路线：

- 日期　　月　　日（　　）AM / PM　　　：　　● 天气　☀ ☁ 🌧 ❄

- 住处:　　　　　　　　　　　　● 同伴:

- 美食:　　　　　　　　　　　　● 路线:

- 日期　　月　　日（　　）AM / PM　　　：　　● 天气

- 住处:　　　　　　　　　　　　● 同伴:

- 美食:　　　　　　　　　　　　● 路线:

- 日期　　月　　日　(　　) AM / PM　　　：　　• 天气 ☀ ☁ 🌧 ❄

- 住处:　　　　　　　　　　　• 同伴:

- 美食:　　　　　　　　　　　• 路线:

　　"小腔"到家。

　　最初决定养小腔的原因是希望大腔可以在我们出行时有猫做伴，不会孤单。我家的情况很特殊，三只大型犬，所以养猫就需要很谨慎。猫本身是一种比较敏感细腻的动物，所以对环境变化的应激反应也比较强烈。大腔像是天生就属于我们家的一样，完全不像是猫，所以完全不存在适应环境这个过程。但是给它找只猫做伴是不容易的，我其实也想了很久。什么样的猫才适合融入我家这样"社会"结构复杂的家庭？它不能怕狗，它性格温顺，它适应力强，它不具备攻击性。所以，选来选去，还是只有布偶最妥帖了。会选择"小腔"，是因为它之前也生活在有狗的家庭里，性格好不怕狗，更容易适应我家的环境，当然颜值也是一个重要的参考点，毕竟我家的男子汉们气度样貌都还是很不错的。

- 日期　　月　　日（　　）AM / PM　　　：　　● 天气　☀ ☁ 🌧 ❄

- 住处:　　　　　　　　　　　● 同伴:

- 美食:　　　　　　　　　　　● 路线:

● 日期　　月　　日　（　　）AM / PM　　　：　● 天气 ☀ ☁ 🌧 ❄

● 住处：　　　　　　　　　　● 同伴：

● 美食：　　　　　　　　　　● 路线：

● 日期 10 月 27 日 （ 五 ）AM / PM 22：00 ● 天气 ☀ ☁ 🌧 ❄

● 住处：　　　　　　　　　　　● 同伴：

● 美食：　　　　　　　　　　　● 路线：

"小腔" 正式命名为：十月。

● 日期　　月　　日（　　）AM / PM　　　：　　● 天气 ☀ ☁ 🌧 ❄

● 住处:　　　　　　　　　　　● 同伴:

● 美食:　　　　　　　　　　　● 路线:

- 日期　　月　　日（　　）AM / PM　　　　：　 ● 天气 ☀ ☁ 🌧 ❄

- 住处:　　　　　　　　　　　　　● 同伴:

- 美食:　　　　　　　　　　　　　● 路线:

● 日期　　月　　日（　　）AM / PM　　　：　● 天气

● 住处：　　　　　　　　　　　　　● 同伴：

● 美食：　　　　　　　　　　　　　● 路线：

- 日期　　月　　日（　　）AM / PM　　　：　　• 天气　☀ ☁ 🌧 ❄

- 住处：　　　　　　　　　　　　　• 同伴：

- 美食：　　　　　　　　　　　　　• 路线：

● 日期　　月　　日（　　）AM / PM　　　：　● 天气 ☀ ☁ 🌧 ❄

● 住处：　　　　　　　　　　　　● 同伴：

● 美食：　　　　　　　　　　　　● 路线：

- 日期　　月　　日（　　）AM / PM　　　：　　● 天气

- 住处：　　　　　　　　　　　　● 同伴：

- 美食：　　　　　　　　　　　　● 路线：

● 日期 11 月 1 日 （ 三 ）AM / PM 10：00 ● 天气

● 住处：   ● 同伴：

● 美食：   ● 路线：

撕家宠物俱乐部正式营业。

2018 年，我们的旅行仍在继续……

- 日期　　月　　日（　　）AM / PM　　　：　　● 天气 ☀ ☁ 🌧 ❄

- 住处：　　　　　　　　　　　　● 同伴：

- 美食：　　　　　　　　　　　　● 路线：

- 日期　　月　　日　（　　）AM / PM　　：　 ● 天气　☀ ☁ 🌧 ❄

- 住处：　　　　　　　　　　 ● 同伴：

- 美食：　　　　　　　　　　 ● 路线：

● 日期　　月　　日　(　　) AM / PM　　：　● 天气　☀ ☁ 🌧 ❄

● 住处：　　　　　　　　　　● 同伴：

● 美食：　　　　　　　　　　● 路线：

- 日期　　月　　日（　　）AM / PM　　　：　- 天气　☀ ☁ 🌧 ❄

- 住处：　　　　　　　　　　　　- 同伴：

- 美食：　　　　　　　　　　　　- 路线：

- 日期　　月　　日（　　）AM / PM　　　：　　- 天气　☀ ☁ 🌧 ❄

- 住处：　　　　　　　　　　　　　- 同伴：

- 美食：　　　　　　　　　　　　　- 路线：

图书在版编目（CIP）数据

酒鬼一家的旅行 / 老炭头著 . — 北京：民主与建设出版社，2018.1
ISBN 978-7-5139-1645-5

Ⅰ.①酒… Ⅱ.①老… Ⅲ.①游记—作品集—中国—当代 Ⅳ.① I267.4

中国版本图书馆 CIP 数据核字（2017）第 321598 号

酒鬼一家的旅行
JIUGUI YIJIA DE LÜXING

出 版 人：许久文
作　　者：老炭头
责任编辑：韩增标
监　　制：毛闽峰　赵　萌　李　娜
特约策划：董　鑫
特约编辑：张明慧
营销编辑：杨　帆　周怡文
插　　画：三　乖　ARIA 麦　茌
装帧设计：梁秋晨
出版发行：民主与建设出版社有限责任公司
电　　话：（010）59417747 59419778
社　　址：北京市海淀区西三环中路 10 号望海楼 E 座 7 层
邮　　编：100142
印　　刷：北京彩和坊印刷有限公司
版　　次：2018 年 1 月第 1 版
印　　次：2018 年 1 月第 1 次印刷
开　　本：875mm×1270mm　1/32
印　　张：8.5
字　　数：200 千字
书　　号：ISBN 978-7-5139-1645-5
定　　价：68.00 元

注：如有印、装质量问题，请与出版社联系。